進化する人●高野公彦（歌人）

石田波郷と中村草田男について、二十数年前のことだが、矢島渚男さんと話をしたことがある。「波郷と草田男の句、どちらが好きですか」と聞かれ、私は草田男が好きです、と答えた。「そうですか」と渚男さんはすこしがっかりなさったふうだった。

私の師は宮柊二、そして宮柊二は波郷と親しかった。渚男さんは波郷門である。もし私が「草田男より波郷のほうが好きです」と答えれば、話が順当過ぎて面白くないだろう。それで、とっさに草田男と答えたのだった。すみません渚男さん。今なら、波郷も草田男も両方好きです、と迷わず答える。

それはそれとして、渚男さんと話をしているうちに、俳句への熱くて強いのめりこみ方に私は敬服した。むろん句集は以前から愛読していた。私は実地を訪ねたことはないが、信州の丸子で、朝から晩まで俳句のことを考えながら暮

ふらんす堂文庫　定価＝本体 1200 円＋税

※＝旧価格定価（本体 1000 円＋税）

※高柳重信句集『夜想曲』中村苑子編
能村登四郎句集『人間頌歌』
桂　信子句集『彩』
加藤楸邨句集『猫』
※鷲谷七菜子句集『水韻』
山口誓子句集『山嶽』松井利彦編
阿波野青畝句集『遍照』
※清崎敏郎句集『花鳥』
森　澄雄句集『はなはみな』
※原　裕句集『風土』
※加藤郁乎句集『粋座』
永田耕衣句集『生死』
鷹羽狩行句集『女人抄』
金子兜太句集『黄』
三橋敏雄句集『海』
野澤節子句集『光波』
※山田みづえ句集『樹冠』
岡本　眸句集『自愛』
※上田五千石句集『遊山』
※矢島渚男句集『梟のうた』
中村苑子句集『白鳥の歌』
※安東次男句集『流』
鍵和田秞子句集『花詞』
※後藤比奈夫句集『花競べ』
※石田勝彦句集『鷗』
高橋睦郎句集『花行』
草間時彦句集『池畔』
深見けん二句集『水影』
後藤比奈夫句集『心の花』
鷹羽狩行句集『山河』
星野　椿句集『金風』

〈旅シリーズ〉

古舘曹人句集『日本海歳時記』
森　澄雄句集『古都悠遊』
藤田湘子句集『信濃山河抄』
松崎鉄之介句集『中国六十年』

〈精選句集シリーズ〉

久保田万太郎句集『こでまり抄』成瀬櫻桃子編
芝不器男句集『麦車』飴山　實編
※野見山朱鳥句集『朱』野見山ひふみ編
前田普羅句集『雪山』中西舗土編
芥川龍之介句集『夕ごころ』草間時彦編
高野素十句集『空』倉田紘文編
※後藤夜半句集『破れ傘』後藤比奈夫編
木下夕爾句集『菜の花集』成瀬櫻桃子編
※原　石鼎句集『吉野の花』原　裕編
星野立子句集『月を仰ぐ』西村和子編
※京極杞陽句集『六の花』山田弘子編
正岡子規句集『鶏頭』小室善弘編
※今井つる女句集『吾亦紅』今井千鶴子編
石田波郷句集『初蝶』石田勝彦編
安住　敦句集『柿の木坂だより』西嶋あさ子編
飯田龍太句集『山のこゑ』廣瀬直人編

涼風の一楽章を眠りたり

腿太き土偶に割れ目豊の秋

前の句は、ひととき吹き通う涼風を音楽の「一楽章」ととらえ、その快い風の中で昼寝を楽しんだ、という句かと思う。後の句、「割れ目」は女陰のこと。作者の心は清と濁、聖と俗、その間を自由に散策する。

俺たちと言ふ孫らきて婆抜きす

正月の句であろう。「婆抜き」は歳時記に載ってないが、載ってなくても季語として使うのは自由だ、と渚男さんは述べている。(『身辺の記』)

そういう自由の精神が、作品の広さと深さを生み出す原動力になっているのだろう。渚男さんは今後もなお進化してゆく人ではなかろうか。

雪の夜は酒たのしむや丸子在俳句の鬼の矢島渚男

という歌を作った。勝手に想像して詠んだので、申し訳ない気もするが。（歌集『地中銀河』）

渚男さんは話しぶりが飄々としており、人間的に一種の飄逸味を湛えた人だが、俳句のふところは広くて深い。

蓖麻《ひま》の実に毒蛇の縞ありしなり

大部分宇宙暗黒石蕗の花

前の句は、蓖麻の実にある縞を見ている。小さな世界にある、小さな戦慄。後の句は、黄色い石蕗の花のかなたに広がる宇宙の大暗黒を想起している。作者の眼は、いわば微小な世界から無限大の世界まで自由に行き来している。

海底をくつがへしつつ冬怒濤

海岸に向かって殺到する冬の怒濤の凄まじさを「海底をくつがへしつつ」で見事にえがき出している。わずか十七文字の俳句がこれほどの迫力を持つことに驚かされる。

ふらんす堂
Tel 03-3326-9061 Fax 03-3326-6919
〒182-0002 東京都調布市仙川町 1-15-38-2F
ホームページ　http://furansudo.com/
メール宛先　info@furansudo.com
ISBN 978-4-7814-0346-5

野菊のうた

矢島渚男句集

矢島渚男句集　野菊のうた（のぎくのうた）

一といふ簡潔がよし年新た

『翼の上に』

鴨や食後の氷啄める

三味線に猫の乳首や雪の宿

雪ぐれやこころ朽ちたる李賀を友

沖縄

珊瑚咲く海に胎児と母の骨

紅型《びんがた》に古き嘆きのユウナ咲く

泛子《うき》投げて目をとどかする春夕べ

行きつきしところより春の波返す

流速を感じ種漬花咲けり

桃咲くやゴトンガタンと納屋に人

花びらを手放してゐるさくらかな

女埋めしごとくに代田均しをり

力ある風出てきたり鯉幟

五浦　二句

潮騒を麦搗き唄の拍子かな

六月の太平洋と早起きす

里山やもくんもくんと栗の花

涼風の一楽章を眠りたり

熊蟬や熊野は山の囁みあへる

子燕のむしむしと寝る赤い月

金剛峯寺金堂奥に桃を食ふ

風蘭やみかんの村の柿の木に
種子よりの真紅滲める桃の肉
踊更け川の光を見て帰る
秋草の囁いてをり囁かれ

田原、崋山をおもふ

腹切りし男の町を鷹帰る

目離せばうしなふ鷹の渡りけり

伊良湖岬

秋の濤おのがつくりし岬撫で

黒塗りの昭和史があり鉦叩

ふくれたるのち真直ぐに稲雀

星へ航《ゆ》くやうに寒夜の山下る

白朮火《をけらび》のほのかに顔の見られけり

叡山の雪崇めけり圓通寺

冬の汗乳暈のあたりにて甘し

一九九五年一月十七日

地層裂く寒満月の引く力

八代

生きること怖く夕べの鶴とゐる

菜の花がひくひくひく蜂が働いて

マンボウの肝食うて海おぼろなり

永いことじゃんけんをせず草萌ゆる

おぼろ夜の占星術をやや恃《たの》む

雪国や桐の落花に貴人の香

沖雲か佐渡か花合歓雫して
踊唄恋して鳥になりたしと
地球若し雲海の上湯を噴いて
山に石積んでかへりぬ夏休

名月の二度ある年を木曾の月

海鳴のすでにと便り言水忌

滅びたる狼の色山眠る

箸入れてけむらしにけり雲子の酢

俺たちと言ふ孫らきて婆抜きす

鯖街道一本棒に凍りけり

渡りきし息嘯《おきそ》の小鴨食みにけり

人になる天女の話余呉の雪

生年あり没年はまだ鳥帰る

悼　司馬遼太郎

菜の花の沖から微風いつまでも

共に見たき人と見て花美しき

海鳥も陸《くが》にかへりぬ花月夜

学校は声あはせ読むさくらかな

二人してあの木この木と山桜

木曾川のゆるみて碧《みどり》夏鶯

水際まで山落ちてゐる河鹿笛

夕暮はたたみものして沙羅の花

月の夜の箓番買つて出たきかな

秋の嶺眼球洗ふ涙あり

茫然とをりぬ無風の薄たち

悼　攝津幸彦

消えながら木魂は秋と思ひけむ

放られし鮒に動きぬ草紅葉

はつふゆの木と木の間澄みにけり

纏うたる枯葉ぼろぼろ石蚕虫《いさごむし》

遊び降りにたちまち力山の雪
やあといふ朝日へおうと冬の海
このわたや江東の夜の友ら亡く
初霞山がものいふ国ぞよき

新海神社お田植祭

まぼろしの稲を育て、初神楽

御代田町草越

寒行のふどしに氷る雫かな

亡き母に享《う》けし体温冬の星

木菟も居り戦没画学生無言館

越の夜の影向《やうがう》に瞽女《ごぜ》雪女

春の道空へのぼつてゆくごとし

まんさくを急ぎの風のとほりけり

残雪の山の兎に家族なし

眉墨をうつすら吾妻《あづま》一華《いちげ》咲く

かたくりの花は競泳選手「用意…」

インディオの響き

花の曲鐘つき鳥の棲む国の

花むぐり牡丹の蕊に失神す

呼子

海からの石段に海苔旧遊廓

若葉雨呼子はたれを呼ぶ港

水烏賊に水のかゞやく暮春かな

あらはれし道を歩いて春の暮

訪れのなくて春行く巣箱かな

島の子のみんな出てゐる夜店かな

名をとどめ咲きぬ樺太花忍

目配せの爽やか弦楽四重奏

上田五千石の死に

センダツヲケシタルアキのユダチカナ

細見綾子さんを悼む

吾亦紅よりも幽《かそけ》く身《み》罷《まか》られ

見えさうになれば瞑り秋の暮

ほつほつと山の寝化粧檀の実

涙氷りしシューベルトの忌なりけり

白樺の白樺になりきりし冬

外套の後ろより櫛入れらるる

海を裾野に雪の鳥海山眩し

去り際に濡らすみちのく時雨なり

雪嬉々と延年舞の堂つつむ　『延年』

老女舞生きながらへしさま寒く

光堂冬の螢子塗り込めし

のれそれを啜りて寒の終りけり
のれそれはアナゴの幼生

春めきし布団潜つて遊びし頃

春宵やこのこを炙る祇園町

紐虫に輪虫に水の温みけり

こらへ泣きせし日なつかし下萌ゆる

待ちどほしきことなくなりぬ春の闇

『漱石のカステラ・子規のココア』の著者稔典さんへ

永き日や漱石に髭子規に鬚

子規庵のすがれ糸瓜の漫《すず》ろなり

探梅やあたりめが歯に挟まつて

けさ白き山に驚き梅の花

鼻と鼻くつつけ遊ぶ春は来ぬ

春の海から力貰はむ魚は鯛

咲き終へて桜は山の木に還る

躍る落ちる奔る流れる渓涼し

桐の木にかかり山藤同じ色

牡丹から牡丹に移すこころかな

御柱に叫《おら》びて縋る歓《かん》喜《ぎ》かな

多羅葉に書く言伝てや鑑真忌

雨飾山の葉つぱに青蛙

盆道をつくらば石器時代まで

ねぷた待つ津軽じょんがら急調子

降ると見せこらへて佞武多始まりぬ

不良なつかし青田をひろげたる津軽

金木町川倉賽の河原

梅雨蒸れの津軽飢餓谷涙谷

よく見える幼子に見せ稲の花

蓖《ひ》麻《ま》の実に毒蛇の縞ありしなり

湿原に水澄む悲しみのやうに

白秋にをけらの花を加へけり

待宵や祝詞上げゐる志賀《しか》の宮

九十九島

島々や鷹渡したるのちの晴れ

月明のとほくと話す桂の木

木曾谷や囲炉裏にうごく炎の子

落葉して地雷のごとき句を愛す

霜柱土の中まで日が射して

海底をくつがへしつつ冬怒濤

大根を白くする水流れけり

初巡り明日香の不思議石七つ

獺《かはうそ》の祭の噂絶えにけり

木曾殿忌あはれ義高大姫も

日陰雪待伏せのごと残りをり

いま摘みしところを踏んで磯菜摘

万葉の古今の磯菜摘みにけり

空を飛ぶ潮騒のあり初蛙

越後山古志村

闘牛の涎を弓に花の風

闘牛のふぐり乳房に似て豊か

勝ち牛の曳き摺つてゐる勢子四人

金色の雄蕊とろりと黒牡丹

くりくりの実となる不思議栗の花

死者送り幼を育て田が青む

青薄昔の村が村の下

沢蟹が廊下に居りぬ梅雨深し

月山の雪渓かかかり翁道

月山の霧の中より雷鳴す

月山神社

山頂に蜻蛉密集せり月下

草市をさすらひ人のごとく過ぐ

ざわざわと蝗の袋盛上がる

チェーホフの劇中劇の秋の湖

須賀川

亡き人に仕ふるごとく牡丹焚く

一九九九年極月にふはり居り

元日のどこからか来る子供かな

雪降るや小さな山の大きな木

堂深く神護寺の僧股火鉢

もう一度雪降つてから鴨帰す

白鳥の触れ合ふばかり帰り行く

大手毬小手毬手毬ほろぶとも

万緑に沈みし鷹の浮上待つ

蟇たくさんの山率《い》て集ふ

青き血の流れゐるらむ蝌蚪の玉

やはらかきところに触れず額の花

鳥と食べし少年の日のさくらんぼ

よく晴れて下谷の富士の山開き

向日葵や室戸の沖は沖ばかり

大歩危《おほぼけ》や川の中ゆく青嵐

新涼やこがねの色が田にのぼり

腿太き土偶に割れ目豊の秋

種取りの気配もなくて種瓢

冷まじや濁流に石動く音

山別れせし仔も群に鷹渡る

みづうみに金銀の波山眠る

わが魔羅も美男葛も黒ずみし

大部分宇宙暗黒石蕗の花

襟巻に巻かれて首の突つ立てる

ありぬべし世紀忘れといふことも

雪降るや蜜蜂ら蜜舐めて居む

雪止んで静かに空気緊りゆく

凍る夜は隣の山がきて覗く

切株のまんまるな雪運べさう

鯨にものこる体毛冬深む

穴釣の人よちよちと歩きけり

果たされて約束消ゆる春の山

花にあふ命を厚くせむために

時間外勤務のやうに八重桜

黴の香の馥郁渋民小学校

誰がゆゑと問ひし昔や藤村忌

鮎膾きりりと顔の添へられし

山上憶良の知らぬオクラ咲く

水を出しものしづまりぬ赤のまま

アルカイダ・テロ

それぞれに秋燃え文明が燃える

雀らの友となりたる捨案山子

小鳥来るころや空腹感たのし

戦争がはじまる野菊たちの前

おくのほそ道　医王寺

錦秋の鎧を守る寺の中

正倉院展

秋さやさや天平の針包む紙

山里を雪のうかがふ翁の忌

けふ豊か霙のち雪そして愛

冬麗の隠れ礁《いくり》に泡こまか

猪に闇嗅がれつつ薬喰

やや永く人生はあり冬花火

人類は猛くて脆し鳥帰る

山鳩のつがひ来てをり雛の家

中空に嶺の雪ある雨水かな

行く春についいて行きたる子もありし

『百済野』

春蘭や若葉のいろを花として

村しづか鯛釣草は大漁で

山桜桃《ゆすらうめ》マトリョーシカの終ひの子

用済みの胡桃の花穂やぞぞぞぞ敷く

万緑の切れ込み深し空知川

蟬唸り鳥叫び山旺んなり

はんざきの小さき眼その宇宙

半裂にあらむ凝《こご》しき密《みそか》事《ごと》

木苺やある晴れた日の記憶満ち

うしろむく富士は真つ黒黄萱原

霧ヶ峰

森よりもモリアオガエル緑なり

夕立後の茹で上りたる如き街

蜩やみんな帰つてゆくところ

手の中の沢蟹こそばゆし愛し

秋茄子にまだ咲く花の映りをり

茶立虫古家に湧きぬ限りなし

梨むくや海の溢れること思ひ

彷徨ひの果に埋められ秋ざくら

枯山に唄をさらへる鵤《いかる》かな

行く秋や出雲の旅は雲を見て

蜜買ひに行く冬麗の裾野道

生きすぎてしまふ不安な瓢かな

小春日や地蜂を掘りし穴ぽつかり

冬の暮どこまでゆくか訊かれけり

雪湿りしてふらふらの御幣かな

さみしくてならぬ大河が雪を吸ふ

けふの雲生まれて急ぐ梅の谷

摘みためてふんはり押へ蓬籠

大垣は水の名どころ初ざくら

諏訪大社

安産の底抜け柄杓買うて春

麓には花頂は月の山

菫野といふ密かなるひとところ

年々に沼底あがる菱の花

月下美人その歯触りも忘れがたし

狼の祭の鯨食うべけり

列島に沿ふ秋刀魚群秋刀魚食ふ

切株のしづかに贈る茸かな

秋深くなりゆくものに日のあたる

葉の朽ちるにほひに深み山の秋

新蕎麦や霧びたしなる山を前

正倉院展

かの秋の螺鈿の鏡に映りしひと

暖冬異変戦争異変穴に人

弾の痕どこかにありて熊の皮

心音を通奏低音年歩む

赤ん坊につこりと年改まる

山焼く火覆ひつくさむ恋もがな

藁帽子藁服童子寒牡丹

冬ざれの深山の奥に大深山

臘梅や朝の素顔のうつくしく
赤子にもむつかしき顔春の雪
みんなから一人にもどる春の山
ＬｕＬｕＬｕＬｕと赤子に春の鳩のこゑ

盛岡

白ざくら時の游《すさ》びに巨石割る

打ちのめされて居れば千里を来し南風《みなみ》

幾たりか我を過ぎゆき亦も夏

蚊の姥といふ生きのびし形かな

風蘭や人もかなしくつくられし

全山の涼気を集めケルン立つ

流星やいのちはいのち生みつづけ

狛犬のまんなか通る秋うらら

席題が出て

新米をもう食べた顔まだの顔

寒き日の緬羊に脚出てゐたり

晩菊や退屈のなき小鳥たち

音楽の満ちたる冬の闇眠れ

新年や光のなかに樹を見る樹

このわた食ふは鴫が沙蚕《ごかい》を啜るさま

放膽に細心に瀧凍てにけり

冬深しときどき夢に驚いて

鼯鼠《むささび》に何処へも行かぬ木が立てり

雪に足踏みかへて待つ死その他

この星の影さす二十三夜月

まとひゐし雲放ちけり春の月

永き日や核に疼ける真珠貝

百済野に雲雀を聞きにゆきたしよ

満開の桜の苗木畑かな

明恵とゴッホと

耳切りし男が二人麦の秋

涼風や翼のやうに腕ひろげ

香水が句集にボードレールの忌

初秋は雲食べながら牧の牛

野尻湖畔

旧き世のナウマン象の声も秋

黒姫の裳裾コスモス模様かな

ほのぼのと秋や草びら椀の中

川は水雲も水秋澄みにけり

芭蕉書簡集を読みゐて

秋の果翁の打ちし蕎麦の出来

菌糸みな土にしづみぬ冬の山

冬の谿日ざしの賑やかになりぬ

姨捨の姥たちの呼ぶ雪ならむ

半ば許しなかばは忘れ年の暮

みちのくの赤湯に雪の積もるころ

密教のしたしき寒に入りにけり

綿雪やもうそろそろといふ時間

春の畳の電線の影へ鳥

春光や水滴に水久しぶり

線描のクレーの天使春のうた

馬刀貝のリンガの形ちぎり食ふ

ほかの鴨帰り軽鴨夫妻なり

人の手のかなしき祖型花を待つ

どの桜にも本領のうれしさよ

老いながら花びらつくすさくらかな

甲州に鮑の飯や花惜しむ

木に登る子供はわれや春の暮

郭公や湿原に水滅びつつ

谷の奥妻の木苺熟るるころ

桔梗の五稜ぷつくり明日ひらく

涼しさは葉を打ちそめし雨の音

青春の挽歌永しよ日雷

松代大本営予定地にて

濠冷まじ木槿の国の人を埋め

ムクゲは朝鮮の花

敗戦日海より暗く闇が蒸す

優しきもの欲りて砂掘る貝も蟹も

幼子に幽霊をしへ夜の秋

鳥渡《ちょっと》とは鳥渡る間や昼の酒

ホと落とす深海の鹽衣被

うしろにも人なき夜の落葉かな

隼の宙にとどまる下歩く

残飯の白きに怯え寒雀

とぼとぼと不恰好なる春が来し

戦争がもぐらのやうに春の国

朧夜や春香伝のむかしより

飯田龍太さんを悼む

亡骸を裾に置きたり春の富士

春の葦軍港といふ陰部あり

花の数見せあふ幼桜かな

海《う》髪《ご》の巌引潮にひれ伏しにけり

透明にならむと土筆摘みにけり

花は既に胸中にあり咲きあふれ

仏壇へアリガトマシタ彼岸の子

植物と分れ動物さくら見る

浮寝せん辺りの花を呼びあつめ

あとがき

『梟のうた』に抄録した以降の『翼の上に』『延年』『百済野』の三句集から、三四三句を選んだ。ほぼ六十歳から七十三歳までの作品である。採録にあたって数句を推敲した。

この時期、二十世紀は終り二十一世紀に入った。人類社会が底なしの混迷をつづける一方、自然科学は宇宙や微小世界への探求を深めていて、その隔たりはひろがってゆくばかりである。小さな俳句という詩は小ささの故に、その間にあって詠うことができるのではないか。そんなことを思ったりする。

二〇一一年一月

矢島渚男

著者略歴

矢島渚男（やじま・なぎさお）

1935年、長野県生まれ。東大文学部卒。石田波郷・加藤楸邨に師事し「鶴」「寒雷」「杉」同人を経て、俳誌「梟」を発行する。

句集、『采薇』『木蘭』『天衣』『船のやうに』『梟のうた』など。著書に『白雄の秀句』『蕪村の周辺』『与謝蕪村散策』『俳句の明日へ』（Ⅰ～Ⅲ）など。

『延年』で四季俳句大賞、『百済野』で芸術選奨文部科学大臣賞を受賞。読売新聞俳壇選者。

住所　〒386-0404　長野県上田市上丸子三九九

＊句集刊行年

1『翼の上に』一九九四年～一九九七年
2『延　年』一九八九年～二〇〇二年三月
3『百済野』二〇〇二年四月～二〇〇七年四月

発行　二〇一一年三月二六日　初版発行
著者　矢島渚男©
発行人　山岡喜美子
発行所　ふらんす堂
〒182-0002　東京都調布市仙川町一―九―六一―一〇二
TEL（〇三）三三二六―九〇六一　FAX（〇三）三三二六―六九一九
URL : http://furansudo.com/　E-mail info@furansudo.com

句集　**野菊のうた**　ふらんす堂文庫

振替　〇〇一七〇―一―一八四一七三
装丁　君嶋真理子
印刷所　トーヨー社
製本所　並木製本
ISBN978-4-7814-0346-5 C0092 ¥1200E